然後

Joyce 7.2020

Joyce   Jan.2021

Contents

· 序 ....Joyce IV

1　是誰染紅了天空 1

2　旅人 7

3　心靈瑜伽 11

4　聽！風的聲音 16

5　是起程？還是卸下行囊？ 23

6　遊戲沙灘 28

7　繫上鞋帶 36

8　一盞燭光 43

9　謎樣單眼 51

10　世界的盡頭在何方？ 60

11 單眼遇見落葉 66

12 萬花筒 71

13 有人來過？ 77

14 讓我們去追風 82

15 兩小無猜 89

16 藝術之旅 92

17 像風箏一樣飛 98

18 木棉花又開 105

19 來一杯卡布 112

20 在風中逆向飛行 120

21 手中細沙 124

22 少女情懷總是詩 129

23 然後呢？ 136

24 下一站門票 144

25 人間？天堂？ 150

26　最真最美的笑靨 155
27　乘坐歲月的手扶梯 162
28　擁抱大海 167
29　陽光不會永遠燦爛 173
30　保持距離 180

31　二毛回家了 185
32　回到原點 192
33　下雨過後 196

序

作者：*Joyce*

數位世界的人們無法忘情在外在世界及科技帶來的速率與衝撞，因此變得無法安置一顆躁動的心，無法體會靜謐與奔跑都是生命必要的平衡元素，更無法了解深耕後沉澱的那顆心才是面對財富、生活品質與外在世界唯一反應自在、快樂與無憂與否的遙控感知器。

然現代的資訊空污，讓人難以掌控這顆心，但內在的收攝、沉潛及定淨卻是一種最佳的助眠劑、舒緩劑及現代人慢性病可改變內在小宇宙的神經傳導劑。心的沉澱與學習定淨著實就是當代數位人無法深耕而造成身心靈黑洞的潛在危機。

資訊的爆炸、科技便利、人云亦云、外在追逐及媒體教導的各種欲望，堆積了大量空污在內在的小宇宙，慢性的累積了內分泌失調、疾病、抑鬱，讓生命不明白支持著生命品質優劣及健康與否的感知與感應是那顆靈性的心，並非短暫的歡樂、外在的華麗、金錢、藥物與情愛，而沉澱及沉潛就變得關鍵重要，因為是心意識分分秒秒在呼吸、感知外在的世界，財富並無法萬能取代改變心的感知，而讓心能二十四小時面對境界與無常都能自在與無憂。

一個業餘油畫家利用旅行及攝影時的影像小品，加上輕快的文字，安撫著躁動及不知何去何從的靈魂，緩解生命內在抑鬱、不安、未知及困惑，簡單、輕盈、沒有壓力又不會過於冗長的文字，改變人們對於生命看法的普世價值，舒緩著追逐而投射在心靈所造成的困惑、緊張及脆弱，更篩漏了過多所累積在心靈的雜質與垃圾。

　　作者是個喜歡旅行、攝影的油畫家，藉著旅行看到各個地區的生命都有同樣的面貌，每日晨起眼睛一張開，心意識就飢渴般的不斷向外在世界抓取搜尋空污資訊而無法安住，內在空無資糧，於是當心空置時，生命只能尋求科技、男歡女愛、欲樂……等來填補內在空蕩，反而讓更多生命處在身心靈墜落的懸崖邊緣而讓身心靈的能量耗損，也易造成疾病延年，無法獨立思考，而依賴人云亦云的媒體思考模式。

　　作者希望藉著油畫創作及柔軟、簡潔且脫俗文字來療癒著投射太多心力在科技、不知何去何從及不知生命意義的生命，讓無助的身心靈找到著力點，讓滋養的智慧找回非傳媒式的思考模式，破解對生命的迷惑及對媒體教導的思考有著高度依賴的慣性，讓生命學會重視內在能量的補充，否則沒有內在資糧填實及獨立思考而無魂魄般的縱情生活著，心靈未適時補充營養，返回自性，不重視內在能量，身心靈就無法輕盈，病痛、疫情、無常、憂鬱身心症……等都將是收割著這些沒有內在能量源而致身心健康及生命品質處於低頻的生命力。

　　因此作者創作這本書安撫著心靈、療癒著因追逐而易接收各種負能量的生命，以及提供可以選擇獨立思考的生命方向，幫助現代人處於高度耗損內在能量的狀況下，可以跳脫現狀的一種文字療癒法。

　　於是這本現代詩藏孕育而出，而書名「 然後呢？」 即是來自於其中一篇療癒文字的標題「然後呢？」所生。

 然後呢？

「是誰染紅了天空」

夏季快說再見～

偷偷去看了海～

是誰染紅了天空？

一筆一畫細細編織了這個橘紅的油彩～

沒有由來～

沒有懸念～

讓人想發呆～

誰說夕陽無限好，只是近黃昏？

應該是夕陽無限好，[總] 是近黃昏～

是誰染紅了天空？

是誰總是掛著愁容？

信手拈來古今詩海～

又是誰總是浸泡憂傷在世間情啊愛啊的歌裡？

讓黃昏變得好愁容～

讓黃昏變得好無奈～

是誰框限了我們的思路？

是誰總是給我們情與愛的世紀憂傷？

讓人總是在世俗的相見別離裡墜落～

連黃昏也一起墜落～

墜落再墜落～

變得世間都在唱誦過往～

唱誦憂傷～

愛恨別離～

相見太難～

4

 然後呢？

生命的禮讚值得唱誦～

裡面有許多禮物～

愛恨別離不是唯一～

無常得失只是必須～

禍福無端只是程序～

生老病死只是風景～

黃昏只是黃昏～

晨曦只是晨曦～

本來的心～

無任何雜染懸念～

是誰染紅了天空？

是誰加諸了愁腸寸斷與愁容？

框限了我們的自由～

屏障了我們的飛奔～

讓黃昏已不是黃昏～

讓夕陽已不是夕陽～

而是淺淺的憂愁～

然後呢？

「旅人」

將要揮別如常倚望的小窗～

生命在不同的點穿梭～

行李在不同的地方提起又放下～

窗景在不同的國度頻望又揮別～

如果不曾揚起風帆～

不知世界也是個畫板～

塗上油彩讓心靈映照天涯圖案～

自由飛翔讓足跡找尋生命能量～

窗外截圖了最美的景深～
窗裡是靈魂的引頸期盼～
旅行裝滿了智慧的行囊～
填充了空白靈魂的凝望～

 然後呢？

旅行沒有轉變成智慧的乾糧～

美景只是空洞的靈魂在遊盪～

下一次的旅行～

仍是空洞的靈魂與手機裡的圖案～

最後仍消失在流浪寰宇的匆忙～

以及錯過旅行映照心靈的寶藏～

旅行會轉化喜怒哀樂～

燦爛笑顏～

揮發負重～

輕盈翅膀～

銷融世間旅人的憂煩～

生命因為靈魂的空白～

總想藉著美景的畫板～

不斷的旅行～

不斷的塗鴉～

去尋覓生命的答案～

世間的旅人啊～

何時是你的歸期～

何處是你最深的凝望～

「心靈瑜伽」

獨自漫步享受陽光一地的灑落～

獨飲咖啡享受風吹耳際的涼受～

靜靜聆聽車嘯而過的疾速～

讓心停駐在每一大自然的律動～

讓時間流洩卻發現本然的定靜與自由～

別說庸碌是你的不得不～

別說錯過世界的訊息讓你原地踏步～

風有一種姿意的笑容～

雨有一種純淨的嬌羞～

心靈積沙成塔已無入口～

只有片片落葉般的愁容～

閉上雙眼與內在獨遊～
靜靜漫步讓雜質澱解隨風飄送～

養分在大自然與歲月裡的風霜雨露～
能量在經驗與經歷後的澱解獨處～

然後呢？

一個人的快意～

是閱讀生命後溶解出獨處的自由～

兩個人的快意～

是大海中兩個孤獨者的同船相遊～

人聲鼎沸的快意～

是找不到歲月方向後的相互取暖相擁～

不要奔忙～

不要錯過～

風景不在外　不在內　也不在覺受～

而是在無攀緣、祈求後的一切領受～

聽聽雷聲　找尋一種專注～

聽聽雨聲　尋覓一種心不攀緣的停駐～

進入無念、無求　但意識沉定的覺受～

發現內在的心也需要停泊～

看見本來的燥動來自心靈的塵垢已堆積智慧入口～

別回頭總在過往搜索～

別忘了往心靈走走～

回憶最美卻是能量耗損的入口～

抉擇最難卻是生命轉彎前的必經折磨～

讓心收攝回到獨享的自由～

讓外在世界停止轉動不再控制心本然的輕悠～

最美的不在世界激情的畫面與擾動～

而在心靈沉潛出雜質後琉璃般的眼眸～

最困頓的不在生命的無力與何去何從～

而在不知生命的真相以及無謂的放縱而讓心靈上鎖～

「聽！風的聲音」

像被輕風嬌寵～

窗邊貝殼搖曳～

開始輕唱低吟～

歌頌起輕風拂曳的跫音～

文明讓氧氣薄稀～

腳步不再輕盈～

大自然開始呼喚與悲鳴～

然後呢？

花朵的風姿與星辰的美麗～

還有永遠涵容我們悲喜的海洋與綠地～

是天地贈予人類的禮物與佳音～

讓生命得以呼吸～

悲苦得以宣洩～

更讓靈性得以在文明的黑暗裡～

從大自然裡沉潛與沐浴～

文明所滋養的人性～

卻破壞了天地的美意～

大自然愈來愈沉重與無力～

聽見了嗎？

風的聲音～

呼嘯著蒼穹的哭泣～

聽見了嗎？

風的聲音～

奏鳴著大地負能量的氣息～

聽見了嗎？

風的嘆息～

冰河已不支倒地～

聽見了嗎？

風的聲音～

病毒瘟疫已向文明追討本來純淨的大自然境地～

文明鋪天蓋地～

科技已然成為控制生命的必需～

並萎縮靈性得以呼吸的園地～

科技帶我們去天涯海角世界各地～

卻帶來靈魂最深最深的啜泣～

文明帶來了大廈林立～

卻帶來了心與心的困守叢林～

野火燒肆叢林～

生靈一步步被文明近逼～

 然後呢？

大自然曾是天地最美的設計～

貪婪卻破壞了上天的美意～

是否現今眼見可及～

未來也許將成回憶或古蹟？

海洋的涵容善解人意是否也將成大型垃圾桶堆積？

閱讀是否也不再是快樂的氛際？

而是人手一機片段瀏覽的風氣～

人與人相見是否不再是雀躍的兩眼相望？

而是科技衍生的圖貼示意～

聽見了嗎？

是風在哭泣～

生靈在吶喊及訴泣～

牠們與大自然是我們的伴侶～

是上天的憐惜～

悲憫著蒼生會在文明裡輸掉算計～

早已設計了大自然不斷重生的能力～

供給生命困頓後的無力所需～

以及找尋生機及靈性的一條路徑～

 然後呢？

「是起程？還是卸下行囊？」

告別旅居生活～

人生像風一樣滑翔～

來來去去～

生趣盎然～

帶去輕悠行李～

帶回卻是負重行囊～

如果再有選擇～

你要像風一樣飛～

解脫生死？

還是像郵差一樣～

帶在身邊的負荷永遠不是屬於自己？

最終的包裹、甜蜜與記憶都將歸還天地～

我們只是都在聚散中重複排演與品嚐～

 然後呢？

我們執著的人～

縱然再相見～

意謂再來學習如何不再繫縛與如何酬償～

一世相愛夫妻～

縱然八萬歲也相守～

快樂會變成折磨～

相愛會變成煉獄～

神秘會變成怨懟～

美好太短~

璀璨煙火後是無盡的夜長~

相守太長~

無盡的相依已是煉獄的綑綁~

風光太美~

分離只是一段景致後的卸下行囊~

然後呢？

死亡亦然～

沒有生命的盡頭與歇息～

生老病死已成煉獄的現場～

學會看清分離與死亡～

已經慢慢長成了輕盈的翅膀～

趣向解脫負重行囊～

27

「遊戲沙灘」

聽說白沙灣是白色沙～

人人喜歡踩在沙灘上～

雖然後來失望了～

但黃色沙也很美～

海邊兩小無猜玩著細沙～

這是最美童年時光如畫～

細沙如此柔軟～

海水如此湛藍～

海灘會讓心神融化～

會讓身心透涼～

會卸下文明人的包裝與緊張～

暫時絕跡在紅塵的武裝～

 然後呢？

沒有什麼可以讓我們停頓～

只有生命起伏的挫傷～

沒有什麼可以讓我們回歸沙灘～

只有懂得大海可以療癒～

沙灘可以潤澤風霜～

29

海灘上陽光燦爛~

但為生命奔忙的人~

只能在數位世界裡找尋沙灘~

看不到當下無猜的那種快樂純然~

也看不到那真實比基尼的開懷與解放~

沙灘上的快樂~

我們可以盡情享用~

數位世界裡的茫然~

是人們隱藏空虛內心的戲場~

 然後呢？

我們已經學會世故與包裝～
但希望你我還記得這天然的沙灘～
是唯一不需偽裝笑容貼圖的地方～

曬曬陽光～
聽聽浪花～
凝眸遠方～

你我離開沙灘～

將要回到現實世界的包裝～

物質世界教你我如何掩藏再掩藏～

科技世界教你我如何世故再世故～

走向那只有數位世界可以依靠的空虛虛擬磁場～

最後忘記這沙灘還有陽光～

也忘記原來的自己曾經沒有數位世界的磁場～

卻有著人人相見最美的笑容與互動芬芳～

像似海灘上無猜兩小的孩童一樣～

沙中有我也有你～

還有海浪、海鷗與夕陽～

 然後呢？

是什麼讓我們不若以往～

是什麼不讓我們流連真實沙灘～

因為數位世界的包裝～

縱容我們一再的偽裝～

在戲中戲裡表演一場～

在數位世界裡找尋那虛擬沙灘～

如果可以～

不要回頭去看～

我們已被網路世界凌遲受傷～

不能沒有網路世界的餵食而變得步履蹣跚～

那個大黑洞裡～

有我們的皮影戲場～

也有我們傾倒心靈虛無的垃圾場～

年華在那裡逝去與黯然～

 然後呢？

坐在鏡前～

卸下面具時～

你已不是你～

我已不是我～

真真假假～

原來我們都在共同努力在這虛擬的數位世界裡堆積這夢工場～

親愛的～

請記得這真實又美麗的沙灘～

請不要哭泣告訴我～

你的笑容已丟失在那科技裡虛擬遊戲的世界與沙灘～

「繫上鞋帶」

看著雙腳朝天~

倚躺在沙灘上~

原來是種享受~

藍天是給偷閒的人~

庸碌是給理想的人~

繫上了鞋帶~

飛奔在海岸公路~

吹著淺水灣的海風~

看著斗大白雲佔據整個天空~

 然後呢？

如果沒有放下汲汲營營～
怎能享受當下急馳～
如果未曾風寒雨露～
怎能學會偷歡當下海風～

鞋帶是種束縛～

青春是種自負～

有時要不顧所有～

只為享受當下海灘漫步～

海灣和綠野告訴我～

酷酷的夏天就要結束～

空盪的公路示意我～

人不瘋狂～

虛枉此途～

 然後呢？

不求歲月長駐～

但求浮雲掠過不再錯過～

不求風和日麗～

但求享受當下不再奢求～

人很難當下能夠擁有～

總是在念頭上一再冀求～

擁有時卻無感擁有～

只在追逐著感官世界而繼續不得不～

我們能否感到真正擁有～

只有在滅失時才知曾經擁有～

白雲散去～

藍天才知它的獨處～

海浪退去～

白沙才知它的乾枯～

山河大地～

彼此託付～

微風綠野～

相互依怙～

潮來潮去～

都是一種領悟～

不可以沒有夏天～

沒有狂野的在無人公路上奔馳～

否則無法獨吹海風～

無法在沙灘上捕捉燦爛的笑容～

細沙可以不需長浪～

只是沒有海浪親吻～

細沙無法散射光芒～

白雲不需藍天～

只是沒有藍天～

白雲只是虛無～

 然後呢？

沒有所謂失去與擁有～

來來去去～

都是一陣微風～

都是大自然裡能量交替的一種相逢～

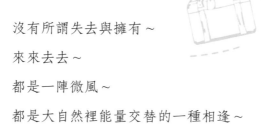

41

還是可以繫上鞋帶～

雙腳朝天～

仰望天空～

我們一直擁有這天地的看護～

只是歲月總愛與無常共舞～

從來沒有所謂失去與擁有～

每一種風雲際會與風景～

都是路過～

大自然能量的交替～

不會讓我們只欣賞路邊風景而停駐～

而最後錯過那山坡後美麗的彩虹～

 然後呢？

「一盞燭光」

微微燭火～

為夏末點起一種微醺的黃～

有種恣意～

是不需要掛礙的獨自漫步～

有種輕悠～

是穿透塵世的恬然～

有種自在～

是生命沉潛後澱解出來的笑容～

燭光緩緩飄動～

想必明年夏天會再來此最愛的海灣～

然後呢？

從來沒有如此恣意的放縱～

從來沒有如此身心靈與大海相融～

少女時期的愛看海～

只是一種單純的與大海相擁～

是身心完全跳進大海的那種縱容～

現在的看海～

彷若一種身心的沐浴與晚泳～

穿越生命的峽谷與小徑～

看懂了原來都是不同舞台的演繹～

卸下面具後～

用大海的能量與自己相擁～

來一場彷如黃昏沐浴的洗滌與游泳～

只因生命都在趕路～

還有大半歲月待我們蹉跎～

一盞微弱燭光～

靜靜的在黃昏照燿著路人的思路～

每個人內在都有盞微弱的燭光～

總是蠢蠢欲動的閃動～

忽明忽滅～

這盞燭光～

在黃昏時分照亮著黯然小路～

只是狂風會來～

雨聲會近～

潮起潮落聲息不斷～

鼓譟聲會飄送～

如同生命有種種的外在擾動～

心中那原本清明又不願搖擺及放縱的那盞清澈的獨光～

總是隨著外在忽明忽滅而擺動～

卻有一種清澈～

有時看到清晰小船～

有時看到遠方燈火闌珊～

有時看到真理～

有時看到方向～

有時也無意世界的驅附～

傾倒於各種風向的撥弄～

只是靜靜的聆聽這世界～

靜靜的看顧那種清明燭光般的如如不動～

生命有多少時光～

常常守著這種清明、無色又無味的靈性覺用～

與一種與世無爭的恬然～

及那種沒有四季春夏秋冬的真常？

然後呢？

沒有呼朋引伴～

沒有高歌歡樂～

沒有信息穿透～

學會獨守一盞午後心中清明的燭光～

享受一種微塵世界裡到達最深最深寧靜的海洋～

生命的影像裡～

熙熙攘攘有多少人寧靜清醒～

睡夢中有多少人沉睡進入那深度海洋～

生命彷彿各各都有心念上的病容～

心心念念要遠離那內在寧靜的海洋～

與那盞最清明的燭光～

縱身躍進五光十色及忙碌的熱浪～

澆熄了心中那盞可以讓自己寧靜與自在的微光～

「謎樣單眼」

帶著單眼～

奇妙旅行了這個夏季～

單眼可以記載人生片刻～

可以無限解讀每個須臾片段～

絢麗～

可以從這謎樣的單眼裡創造～

精采～

可以從這顆心去追逐～

人生～

也可從這伸縮鏡頭裡領悟～

心就像個磁碟倉庫～

承載了我們過去身心的桎梏～

也佔據了我們大量悲喜哀愁～

待生命開始開機～

身處的每一個當下與境地～

心的這磁碟倉庫就發揮境界相的解讀～

 然後呢？

鏡頭只是鏡頭～

影像只是影像～

單眼奇幻旅程只是在發揮心的作用～

生命的旅程只是在解讀過去的心如何竭盡所用～

因為心會承載過去的影像與包袱～

願你帶著謎樣的單眼～

捕捉到彩色人生～

也截取到歡欣鼓舞～

巧遇到孤伶老者～

也咔嚓到路人身影～

夢幻的單眼～

有無限的可能～

因為這顆心～

有著無懈可擊的創造力～

單眼～

只不過是心的隨從～

心的影子～

 然後呢？

是誰節錄了生命的片段～

是誰偷拍了我們的悲喜哀愁～

單眼只是單眼～

我們的心攝錄了一切所有～

然後再去拔山涉水～

篳路藍縷～

去解讀世界的所有～

謎樣的不是單眼～

夢幻的也不是外在的視野～

所有的璀璨奪目～

都是一種虛張聲勢～

只不過是想讓我們藉著鏡頭及外在～

返照這魔術般解讀這世界的心～

單眼是工具～

身軀只是借力～

絢麗人生只是影像～

沒有這開啟奇幻冒險的這一顆靈性～

寰宇蒼穹亦如草木～

萬丈紅塵也只是塵土～

 然後呢？

心的功課～

如此浩瀚～

讓世間的旅人～

窮盡無盡的歲月～

藉著璀璨奪目到深淵墜落～

藉著千辛萬苦到返鄉歸途～

種種生命的起伏～

蒼穹的生起又消失空無～

無以為繼的讓世間的旅人來認識祂～

找到祂～

單眼會幻滅～

山河會消長～

但原始的這顆心已流浪久遠～

流浪啊流浪～

無盡的歲月～

我們還是逐浪而流～

無法相信～

祂爬起又墜落～

只為跟隨著感官與欲望～

流浪生死到已不識歸途～

且一再的相信他鄉客死在生死海岸～

已是蒼穹唯一的去路～

也一再的錯愛這身軀～

及這身軀帶來的愛恨情愁～

以為這身軀才是浩瀚的蒼穹一切所有～

 然後呢？

單眼仍是單眼～

也會一再的替換～

就像生命能量會在蒼穹裡一再流轉變換～

五彩繽紛的外在也一再幻化與消逝～

那顆不曾消逝過的心才是主人～

反客為主的執念已墜落在長夜漫漫的蒼穹～

「世界的盡頭在何方？」

火熱陽光辣舞街頭～

年輕歲月如一股奔流～

青春怎能放過耀眼潮流～

萬頭鑽動爬滿書樓～

匆匆人群都想在財富與幸福裡尋求～

稚氣學子偷偷詢問～

萬字書海如何找到生命風向球？

琳瑯滿目如何開卷有益連結成功？

輕風拂面～

靜靜聆聽著～

作了個深呼吸～

童言童語總是輕輕的滑翔～

想滑翔到大人的世界～

一窺究竟大人世界的能量場～

探索著如何坐著熱氣球升空到未來的理想～

 然後呢？

生命總是被世俗與商業化主流引導～

無法自由的飛翔～

也總是被世俗資訊沖激～

任誰也無法看到生命成長的獨立路線與光芒～

更是被追隨與跟進所趨策～

讓這個世界只能餵養我們人云亦云的過多熱量～

四面楚歌的輿論餵食著我們未精緻處理的資訊垃圾場～

流行的元素指揮著我們大腦的去向～

他人的思考模式強行在各種媒體流竄～

生命已然沉沒在被外界帶領思考的一種無力感～

漏失了生命在思考上原本該有的彈性、韌性與自在飛翔～

每一個靈魂都有著天地最美的透明獨有翅膀～

塵世的資訊空污卻讓自在的靈魂半空折翅而無法自由飛翔～

教育並未讓獨立思考揚起風帆～

無法揀擇的資訊只是如傾倒垃圾般填充空洞靈魂一些食糧～

人云亦云也變成我們三餐必有的粗製乾糧～

街頭巷尾的燈紅酒綠承載著空洞靈魂的遊蕩～

滿滿的書海無法承擔不知去向的靈魂內心的動盪～

長大後開始走向這使我們鈍化的低能量資訊場～

一步步教我們用有限的語言文字及低能量看這無限大千的能量場～

生命的集體意識共乘在這下墜的破氣球上～

然後呢？

世界的盡頭在何方？

生命的源頭已無人尋探～

而盡是空污資訊迷漫～

因為生命不曾吶喊～

只能照單全收這負能量資訊及知識的破碎與混亂～

而讓靈魂欠缺能量而更形孤單～

「單眼遇見落葉」

 然後呢？

誰說滿地落葉只在深秋～

只見單眼無法放過片片葉落～

鏡頭總是童赤而自由～

只在美好中悠遊～

就像孩子初心無染～

見到絢麗耀眼就雀躍飛舞又嬌羞～

大自然是何等與初心相容～

讓生命的枯萎與負重～

可在落葉中映照心的本然、無塵與無垢～

只是窮盡一切的追逐與冀求～

呱呱墜地的生命初心包覆的愈來愈沉重～

必須跨過生生世世週而復始的生死海流與錯過～

週而復始的是不斷重複的沉重生命題庫～

與不知生命真相的原由及擁有的執著～

錯過的是～

層層包覆的塵垢～

讓靈魂的能量不再剔透～

一再的錯過與自心相見的回眸～

繼續漂流在無常與生死逆流的大海中～

我們還以為每次相見是美麗的悸動～

從未返照自心看到每次的擦肩而過～

其實都是一種酬償與拖欠的機緣劃過～

再次相見與擦肩而過～

都只是繼續累積生生世世的執求與讓無常再次來過～

落葉滿地是最美麗的訴說～

歲月只不過是生命變臉的面具在轉換與流動～

翩翩落葉前～

沒有人可以停下與駐足～

在彷若繽紛落葉的塵世間找到初心與生命答案的悸動～

葉落之後又是一個季節又一個季節的轉動～

歲月幻化與變裝著相見後必然別離的題目～

以及無常來以前不會先敲門的重複題庫～

還有不會斷的生命繫縛繩索～

與執著後的生離死別的悲慟～

生命的路徑已然在逆流裡重複漂流～

你我早已錯過一再的四季變換的滿地葉落～

以及找到回家的路～

還有那你我自心原本來這作客最初的願求～

然後呢？

「萬花筒」

酷酷的夏季就要道別揮手～

緩緩進入有如紫色般的秋～

夏季的都會是個萬花筒～

滾動著五彩繽紛的生活～

心念～

也像個萬花筒～

分分秒秒都在轉動～

街景只是點點霓虹～

諾大的城市都是火樹銀花的運作～

這些都是心念萬花筒的作用～

心念慣性的念念遷流～

慣性的無法停止不動～

而堆積這世界的精采奪目及獨有～

然後呢？

每個心靈～

也承受著這欲望城市的干擾～

捨不得離開這萬花筒～

所以心念讓生命生生不息～

也讓生命承受著歡欣與苦痛～

心念～

是一股亂流～

日出早起即受命向外探索再探索～

日落未息仍向外抓取世界的脈動～

夜眠不休仍悸動著過去種種與騷動～

心念慣性的無法停駐不動～

因此引動了我們向外追逐的奔流～

心念像萬濤巨浪難以平息～

獨處變得空寂難受～

原來～

平靜在網路脈動裡是個奢求～

沉潛在動盪世界裡是個南柯一夢～

即使在睡夢中～

心念仍蠢蠢欲動～

輪番上演著真實生活一幕又一幕～

這亂流與騷動～

讓心念已經慣性被外在世界所操縱～

並非生命主持著世局的脈絡～

而是外在世界藉取心念的妄動～

囚牢我們那慣性需索的感官覺受～

也主宰了世界變化的引流～

念念遷流讓這萬花筒世界轉動～

日復一日生命都在承受念念難息的騷動～

念念遷流都是一種重量的波動～

而成就一種能量的引動～

於是生老病死悄然進駐～

流轉生死必然趁虛而入～

 然後呢？

生命燃油用盡後～

只是無盡的虛脫～

日日萬馬奔騰後～

仍需面臨散場後掌聲的稀落～

沉澱會帶來心念的沐浴及補充～

定靜會帶來波濤洶湧後的凝神與穎悟～

回歸會找到生命的原始與最恣意的笑容～

原來文明帶來了神奇與速度～

也帶走了靈魂與最美的眼眸～

願無法相視而笑時～

擁抱時仍感到生命的悸動～

願即使只能在電子文明世界裡相見時～

仍是你那最初最美的笑容～

然後呢？

「有人來過？」

暖暖的陽光～

灑在北台灣的海面上～

一張尊像的臉～

掛在廊道上～

微風徐徐～

沒有一點熾熱感～

那是聖跡來過～

留下的影子～

座落在北台灣的沙灘～

是如此充滿異國情味～

少人的公路～

現跡一間間咖啡館～

熱血熾盛時～

生命流連人潮擁擠～

羈絆在身時～

生命縱情欲樂～

我們用罄生命資源～

直到藥盡彈絕～

而禍福近身前～

正穿著面紗的臉～

好似有人來過？

拍拍我們的肩膀～

擁抱我們的疲憊～

傾聽我們的心弦～

告訴我們何處有出口～

何處是歸途～

只是生命～

沒有吟唱晝夜～

沒有無常上演～

沒有藥盡彈絕～

常態的生命都包裝著一張張虛華的臉～

愈是吟唱～

愈是子夜將盡～

愈是豐收～

愈是暗潮湧藏～

 然後呢？

讀得懂人生～

已在歸途～

讀不懂人生～

縱情人身資源～

即使如今相聚有緣～

未來仍是陌路兩途～

有人來過？

留下千篇語錄～

掛在美牆～

陪伴相守～

田野漫步～

聖跡之像有如路人甲護守～

找到自心歸途之路～

人跡杳然～

走向黑夜長徑～

卻如雁鳥南飛～

漫天遍野～

「讓我們去追風」

看著船舟停泊在碼頭～
真想乘風去出遊～

想像海上那種漫遊、無憂～
可以追風又可以放空～

人說航海的人沒有思念的權利～
選擇了海鷗就選擇了露宿餐風～
生命沒有憂傷的權利～
選擇了欲望就選擇了生死無常與共～

船隻就像生命能量短促～

短暫靠岸的驛站可以加滿船油～

但每一人生驛站風景如畫～

我們總耽溺在喧嘩與享受～

欲望得以編織每一站的美麗與哀愁～

忘記補充短暫港口驛站裡的智慧與福德行囊～

前往下一個人生碼頭～

又是空盪無以為繼的船艙與行囊～

生死迷航只好繼續漂流～

無明的生死歲月時光～

總期待有個更好的下一人生港口～

生命到底是炫麗還是一種墜落？

已數不盡的再次兩袖清風告別生命的碼頭～

沒有智慧與福德的加滿燃油～

永遠在下一站沾染塵土與欲望～

繼續前行那未知的下一站～

難以絕塵於苦海汪洋～

繼續與生命無常奮戰～

 然後呢？

生命每一驛站～

別忘了你我曾經相見～

只是不同面孔不同故事一章～

依舊是執著、欲望作導演～

依舊是相見時似曾相見～

酬償能量總是在似曾相識裡化現～

一點一滴不會錯過與只是擦肩～

美麗與美好總是牽引欲望來導演～

期待與想像是最佳場景氛圍～

無法照破眼前際遇與再相見的命運包裝～

讓我們每一站都絕緣與錯過斷捨離後的自在藍天～

選擇了海鷗就選擇了露宿餐風～

選擇了欲望就選擇了無常的逼迫～

 然後呢？

藍天與海鷗總是同航～

生命能量本來自在無憂沒有唯一方向～

沒有來去～

沒有始終～

有限的每一驛站人生風景不是生命的本然～

生命的答案在迷航後有限的枷鎖與捆綁裡待我們找尋及收藏～

只是外在的綺麗世界讓我們久遠迷航～

迷航在以為生死海岸是唯一世界與景觀～

錯覺與錯亂的海市蜃樓導演著生命在海上獨航～

生老病死不是唯一的下一站～

欲望堆砌的生命能量造成迷霧汪洋中的短暫泊岸～

看不清虛擬的海市蜃樓導演著繼續迷惑與錯亂～

只有短暫靠岸的教堂鐘聲或梵唄偶爾卸下沉重的生死行囊～

讓我們短暫出航～

可以追風又可以放空～

藍天、夕陽、美景與海鷗都只是海市蜃樓一般～

短暫的驛站更是虛擬的中途港灣～

那是我們的選擇～

選擇了滄海裡短暫的人生風景能量～

就像航海人選擇了海鷗～

就選擇了思念～

沙灘逐浪人選擇了夕陽～

就選擇了落寞與蒼涼～

你我選擇了相見～

就選擇了數不清的生死別離一場～

「兩小無猜」

單眼的風景沒有化為文字～

美麗只是數位的幻化～

漫步中沒有看到風景在說話～

縱然閒雲仍有著幽幽牽掛～

看不懂四季訴說的諺語～

城市浩瀚也是無解的幻化～

兩小無猜的景緻～

有如天空中的漫畫～

我們何嘗不曾無憂～

那是曾經最美的童年圖畫～

只是生命激化我們努力的忮求～

逐漸看不到在路邊向我們純淨之心招手的最純真圖畫～

時光的無情一點一滴奪走我們心中最清澈的童年漫畫～

也奪走了我們最初最真對世事無知無感但澄明的癡傻～

當愈來愈多的知識與科技覆蓋～

我們已然背負著鎖鍊般的行囊～

不再找到那青春盜漾的童年佳畫～

更聽不見那原本無求無惱最真如孩童般天真無猜療癒般的對話～

轉而執持科技帶給人包裝的多變詭譎變化～

忘卻了通往自在無憂可選擇的進化～

只存在簡單、純然及沒有欲望、人工與科技～

彷若在路邊童貞風景圖畫般隨手可得的一種淨化～

「藝術之旅」

在光影與掌聲之間～
在人群與佳作之間～

藝文可讓心靈現蹤～
創作可讓心性悠遊～

鏡頭抓住創作的容顏～
心靈跳躍在精采瞬間～

 然後呢？

攝受人的畫不一定商業展出～
經珍藏的畫不一定是佳作～

有人童言無忌的問～
為何商業售畫及經收藏佳作～
竟如同路邊叫賣作品？
商業與不凡之間讓人不解？
沒有商業性的畫作反而翩然起舞在心田～

魔鬼穿梭在投機間～
佳作生產在無求間～

生存是人類的恔求～
知音卻是藝術的苛求～
商業卻是佳作枯竭的原由～

 然後呢？

藝術可以展現情感～

卻也會隱藏情感～

在作品中看得到創作者的喜怒哀樂～

卻因此駑頓於他們在人群中表達情感～

人世風霜可以精采人生及畫布～

悲歡離合可以增益工筆技藝～

每個人都有他的藝術人生～

有的人完成了人生佳作～

精裝錶框、華麗演出～

有的人完成了人生佳作～

努力回首～

修改人生畫作的瑕疵～

有的人完成了人生佳作～

冷凍過往～

繼續向前～

享受人生～

無盡的耗竭歲月畫布～

繼續揮灑欲望彩筆～

直到生老病死的趨迫～

也不改享樂人生～

 然後呢？

即時行樂變成人人愛揮灑的畫布～

最終墜落在生死懸崖的海岸～

沒有完成修改人生這幅瑕疵畫作的功課～

找到未生未死前那看似繽紛～

卻與生死共舞的這本然自我～

還以為人人下次都可以再來～

在這課堂上取得新的畫布～

盡情的點燃人身燃油～

揮灑這人生畫布～

「像風箏一樣飛」

時光像風箏一樣飛翔～

手中的線斷了～

時光將一去不復返～

你我都擁有如珠寶盒般的時光寶藏～

我們乘坐著時光的風箏四處飛翔～

滑翔到童年、苦澀、情愛及職場～

最後落腳在婚姻、家庭與生活的拼搏戰場～

 然後呢？

生存的疲累與媒體的魅惑～

及外在世界的包裝、欲望、執著～

無所不用其極的竊取了我們今生的時光寶藏～

我們瘋狂的開啟珠寶盒用罄時光～

停留在欲望、享受、等待～

甚至打發掉流沙般以為是無用的歲月時光～

只因為不知生命的由來與方向～

時光漫漫遙遠而漫長～

懵懂讓生命無法在光陰軌跡裡看到閃爍著光芒的時光寶藏～

時光是我們累積來的宇宙能量～

藉著這股能量帶著行囊要找到生命的意義與去向何方～

時光隧道裡有著七彩斑斕～

也有最終海市蜃樓般的如夢一場～

時光、欲望與命運是我們作夢的翅膀～

我們作著夢滑行到這一站～

遇見你也遇見我～

那是我們滑行在這寰宇的洲際裡～

過去相約而能量撞擊在此又相見的如夢一場～

時光歲月只是個面具假象～

帶著我們歷經風華與蒼桑～

 然後呢？

只是我們乘著風箏的翅膀～

會享盡生命如花綻放的光芒～

也將不會錯過生老病死的陰霾沉暗～

但我們卻視歲月如理所當然～

不知歲月時光是我們過去在蒼穹耕耘的能量資糧～

我們卻用盡有限的寶藏～

投射在生命無謂的放縱與莫明的奔忙～

投資在數位時代世界裡的繽紛綺麗與追趕～

寧願在文明製作的海市蜃樓裡大夢一場～

浪擲虛耗時光在虛華世界裡追逐名利一場～

或是在科技裡追蹤只是戲中戲的假有劇情一番～

我們已經深陷在時光隧道裡的低能量～

卻在假有的時光隧道裡繼續找尋以為可以靠岸的假有、欲望、情愛～

以為它們是蒼海渡船～

更想在這假有裡的歲月裡找尋地老天荒～

風箏般易逝的歲月～

會變化多樣的無奈、疾病、風霜與名利的面容向你我淺淺微笑～

我們會用罄時光跟生命的起伏共渡一場～

只有在海市蜃樓般的電影才能真實領悟影片的意旨深長～

只有在歷經寰宇的墜落來到這一生的因緣際會～

才能粹鍊生命的精萃與新能量場～

 然後呢？

我們卻讀不懂大自然的意涵～

讀不厭科技世界裡斷層我們能量提升的干擾信息～

看不懂生老病死帶來的意有所指與蒼桑～

疾病、困頓、無明、睡眠、欲求及蒙塵已竊取我們大部分時光寶藏～

清明、本我、無欲無求卻絕緣於我們珠寶般的時光～

如風箏般的時光寶藏～

當我們執求於世間擁有～

風箏將帶著我們滑行在載沉載浮的欲求世界裡歷經波瀾～

當我們放下追求與欲望的擁有～

那種清明、本我將讓我們接近與回到宇宙蒼穹本有能量～

而真實的自在、飛舞、歸屬與身心靈完全的靠岸～

時光像風箏一樣易逝、易斷～

也像沙漏般流洩散去不再復返～

時光的旅人啊～

最終的軌跡總是一樣～

在掀開歲月珠寶盒時～

最後只能與懊悔、追憶、疾病、茫然與失落為伴～

望著天空～

斷了線手上如風箏般易逝的時光～

「木棉花又開」

木棉花染紅了天空～

妝點著天際滿滿的笑容～

我們總愛找尋包裝著歡樂的種種命運負債面具～

不曾學習停下腳來整理內在褪色的妝容～

身心靈愈來愈無法從容～

經常錯過滿園木棉花的花容～

更錯過了與我們內在的共處～

看見魔鬼也看見清明的一種相融～

我們不知內在黑暗與清明能量的來由～

害怕與內在的黑暗魔鬼相見～

不知內在的黑暗與清明是宇宙裡可深耕的一股能量流～

最後愈不相見愈深怕內在的孤單黑影隨從～

一種內在的黑影或清明～

足以驗收過去是否深耕著這本來無比能量的清流～

或許過去精耕過內在的花園～

今生必然面對內在黑影裸裎相見時不再驚憂～

 然後呢？

只因為內在的園丁會喚醒覺明照見～

照見內在倏明倏暗黑影重現～

只要悠然定淨而坐～

讓覺明與黑暗共同席地而坐～

坦然開啟覺性入口～

讓木棉花飄落在內在黑暗的入口～

一步步探訪心靈本來悠美的花叢～

心靈有著肥沃得以耕種的富足資產園所～

一靜一動若不與塵染相見～

畢竟自在的心彷若優然翩翩起舞～

守住內在沉定若淨的心～

無內在欲望的黑影蠢蠢撩動～

將只見粉橘木棉花緩緩美麗自在飄動～

不飄散、也不墜落～

無關憂樂、也無關覺受～

也無風雨、也無愁～

有一片寧靜的場域照見寰宇蒼穹～

然後呢?

109

無盡的欲望佔用了我們原本可耕種的福地園所～

心靈釋出的是片片散落的枯葉與殘柳～

文明世代找不到依靠的心靈港口～

墜落與生命短暫是塵世人的可能去處～

蹤身躍入欲望以為是轉移黑暗心靈唯一的路途～

卻不知命運負債的安排總在轉彎處狹路相逢～

美麗的三月天木棉花緩緩飄落～

飄落在可以開啟覺明的靈性入口～

木棉花自在飛舞在天際處～

只在心靈無欲無求、定境自在裡飄送～

 然後呢？

紛亂世代裡～

對外在世界的追求～

讓內在塵染更厚更凝重～

沒有清除心靈天際線及內在的窗口～

沒有深耕肥沃內在的土質與清除塵垢～

心靈的木棉花永遠不會再開又自在的飛舞～

更不會在欲望的街口看見三月天木棉花開與如畫般的至福～

也不會真實洞見這外在世界的海市蜃樓而不再受苦～

111

「來一杯卡布」

來一杯卡布～

聽一聽河流的流動～

看一看河邊飛鳥疾馳而過～

 然後呢?

沒有數位、沒有科技～

其實我們可以一無所有～

在當下體會時光就是河水流動～

就是飛鳥畫過～

也是坐在河岸咖啡桌邊的恣意微笑與享受～

其實我們沒有曾經擁有～

也從不會真實擁有～

因為我們始終在數位虛擬的世界裡渡過～

也始終在期待、盼望、預期的虛妄世界裡存活～

我們確定我們曾經擁有？

還是在接觸當下物質數字時～

物質世界的數字才存在與流動～

我們確定我們曾經牢固掌握～

生命的名利與風起雲湧都是經驗裡的實有？

抑或都是當下使用它時～

它們才真實被生命佔有？

而沒有專注物質世界時～

生命真實擁有什麼？

還是在妄求、妄念以及數位的幻化裡存活～

 然後呢？

時光與歲月到底是什麼？
除了在物質文明裡佔有～
生命還擁有過什麼？

數位世界已帶著面具佔有我們的歲月僅有～
虛妄的思緒紛飛也竊取歲月本來當下擁有～

物質生命已進入科技的掌控～

夜夜難以回歸夜半的無夢～

生命已經失去本我～

無法面對沒有虛華外在及科技文明的依賴與波動～

只是科技下的皮影戲偶～

數位控制下沒有魂魄的機械生活～

無法獨立思考的自以為有靈魂的機器人種～

生命已然無法獨立思考於寰宇蒼穹～

僅是數位科技餵食機械思考的玩偶～

卻以為掌舵世界局面的萬能獨有～

萬物之靈已是遙遠的生物或生命初始才有的獨有～

擁有了科技～

科技已經佔有了萬物之靈的意識所有～

 然後呢？

喝杯咖啡去感受時光的流動～

閉上雙眼凝神去聽聽河水恣意又溫柔～

多少歲月我們像現在當下擁有？

還是時光機器的假人玩偶？

抑或是媒體教導眾人一貫相同思想卻會作夢的機械人偶？

還是科技世界中有睡眠的實驗類種？

讓我們走出戶外～

坐在咖啡桌旁或輕輕漫步～

沒有科技、沒有數位～

享受一分一秒真正擁有靈魂的獨有～

感受生命本然不受控制的自在與無求～

以及曾經真正擁有及活過～

浮雲飄過～

星空燦爛如梵谷的畫作～

生命是那樣的獨立與獨有～

本然就無外在物的牽引與波動～

 然後呢？

時光機器不停的在轉動～

當下與未來都將在指尖劃過～

而成為夢境布幕不再實有～

我們不曾真實曾經擁有～

也不曾當下擁有～

只因生命總在妄想、執著、科技與網路的虛擬能量裡渡過～

讓我們出去吹吹風～

來一杯卡布～

沒有數位～

沒有科技～

沒有掛礙～

沒有妄想、執著～

與生命的本然當下在河邊咖啡步道漫步～

享受真實遠離科技反控的悠遊～

享受靈魂回歸的真實擁有～

也享受著宇宙恆河歲月裡屬於當下的不被禁囚～

「在風中逆向飛行」

重拾單眼～

美麗的花園都是獵影足跡～

滿山坑谷都是人海搶拍夕陽光影～

路邊轉彎都是風景～

小橋流水隨意都遇見了鳥兒雙棲～

如果不曾放下追逐的行履～

看不見路邊的座椅也是幅風景～

如果不曾想要捻惹花草～

不知上帝留下花朵～

原來是要給不知疲倦的人性～

 然後呢？

我們玩弄生命～

讓生命只寫下名利～

我們舖陳歲月～

讓歲月只奏鳴生老病死的樂曲～

我們尋尋覓覓～

卻讓文明帶我們遠離心靈淨地～

最後要在 *fb* 裡找尋自我價值園地～

在 *ig* 裡找到活著存在感建立～

卻墜落在世俗比較的虛華世界裡～

專注與執著在虛擬世界掌聲的搏取～

忘記耕作性靈深處本有一處悠悠淨地～

得以在真實世界裡自在找到人間處處風景～

最後那種專注執著在虛擬世界的掌聲裡～

讓我們錯失了內在與外在的真實風景～

滑落在文明科技的大峽谷裡～

直到生老病死逐漸靠近～

才發現生命最自在的那種沉定與生老病死的解藥～

只在通往心靈深處的那一處風景～

只是文明日日夜夜覆蓋我們的覺明～

讓我們一步步錯過今生與性靈相處的每一幅風景～

 然後呢？

文明裡有著魅惑、欲望與金錢遊戲～

夾帶著成長、經驗、目標與無常的面具～

逆向著呱呱墜地原本要來找尋的生命意義～

奔馳在追趕物質的希望城市裡～

別忘了無常時時偷竊我們滿足與現實的一切園地～

追逐所帶來的身心塵埃也讓軀身逐漸不支倒地～

最後面對已枯竭的那沒有耕種與性靈相通的一切生命解答的園地～

以及空蕩流失的生命福袋質地與信息～

逆向飛行消失在風中～

而步履蹣跚在這原本要讓生命昇華的能量場域～

「手中細沙」

如果風很幽靜～

那一定是我的去處～

如果海浪無聲～

那一定是雁鳥合奏～

如果海天無涯～

那一定是最美的天際～

手裡把玩著細沙～

夕陽是最美的油畫～

 然後呢？

如果不是須臾漫步在這細沙～
怎知夕陽的絕美～
如果不是曾經流連在這沙田～
怎捕捉那歲月靜好的柔美～
如果不是手中握著細沙～
怎知當下寧靜的恆美～

世間知識教育我們擁有的美～
卻忽略了擁有的魔鬼～
世間智慧教我們學會放下～
卻忘了教我們到底要放下誰～

在這寧靜的海沙田～

手中握著細沙～

讓沙粒粒粒漏在石階下～

只是擁有細沙片刻～

卻聞到寧靜的常味～

更遇見最美油畫的沙田～

 然後呢？

原來寧靜片刻是如此的難追隨～

只因我們身心有太多的負累～

奔忙與牽掛～

情愛與交歡～

執著與世俗之累～

世事難與願隨～

擁有一切的條件是將隨著世事不斷輪迴～

不要說這灑在我身上的夕陽有多美～

你我都是古今之人～

是我偷歡了當下的最美～

淺嚐了這美麗的細沙～

褪去了塵勞與疲憊～

進入了凝神、寧靜、放空～

真正片刻的放下～

走進那時光隧道裡停駐的當下～

脫下那世俗與虛華的盔甲～

享受那獨有的心靈高度海拔～

「少女情懷總是詩」

年輕的妳～

暑期來都會裡嘗鮮都市生活～

總愛坐在窗邊～

像個愛麗絲～

看見妳稚氣又靈秀的容顏～

有一種對這世界好奇又躍躍欲試的眼睛～

現在的妳～

還能擠出最童貞無染的言語～

繪出最純淨的創作～

但已開始接縫似懂非懂的時期～

 然後呢？

妳跟我說～

妳很不解？

城市裡的人喜歡家鄉的純淨海岸～

卻在妳美麗的家鄉～

有同齡小小年紀的人去找了上帝～

竟在如此乾淨的家鄉國度～

又問～

是城市的人不懂鄉村人的煩惱？

還是鄉村的人不懂城市裡人們的憂傷？

妳說的家鄉故事像幅畫～

一幅是城市人的憂傷～

一幅是海岸線的赤腳童玩～

我們的心被包裹著數不清的億萬年塵垢～

流轉在這山河大地彼此相見～

每個人都有負重的塵勞心鎖～

遇景遇物遇人而啟動這重重心鎖～

碰撞在這寰宇蒼穹～

那去找上帝的小生命也許並未離開～

只是當機了這次世間的旅途與課業～

生命的旅途裡～

常遇當機與斷訊時刻～

沒有這當機、斷訊與挫折～

我們不會重啟功課～

修補我們心靈的傷口～

找尋生命重組的生機～

生命是個課業～

課業就是酬償生命不同重量的起承轉合～

少女情懷總是詩的妳～

始終滑著手機～

想努力了解這世界的奇幻之旅～

 然後呢？

記得～

當妳遇到生命斷訊及當機時刻～

不要問卜問天～

不要問路問人～

因為幽谷裡沒有正確的能量與質量～

黑暗山路裡～

沒有清晰的路牌與指引～

都是一種下墜的力量～

妳的真如純淨之心可以幫妳承載苦痛、吸收養分～

成為一種工具～

幫助妳在當機時刻重整並重啟～

而歲月的鋪陳始終是個密碼～

將會一步步帶妳逐步走出幽谷～

「然後呢？」

然後呢？

隱約慵懶的藍天～
陽光有種午后想要歸去的美～

而貝殼努力的往上爬～
與大海輝映出自在及彷若閉上雙眼一種恣意的美～

陽光下的貝殼選擇捨棄華麗的表演～
只願自在又恣意追隨低調的美～

生命會藉著不同的短暫轉彎～

旅行、閱讀、一杯咖啡、高歌引吭、呼朋引伴、美酒相隨～

轉移內在的漠然～

以及在十字路口的追悔～

生命始終癡迷於感官十色的追隨～

沾染了厚重的塵埃而不悔～

已把感官世界當作必然的食物而忘卻如何自在的飛～

日復一日被這塵埃般的負重慣性向外搜尋～

無止盡的去追尋影音、聲光、數位、媒體與華麗的美～

只為轉移生命揮之不去的塵勞、厚重與疲憊～

 然後呢？

一杯咖啡～

可以挽救谷底的能量與視野的暫時模糊～

然後呢？

還是要面對歸途後的午夜夢廻～

一段旅行～

可以暫時轉彎生命的疲憊與內心空然～

然後呢？

還是需面對身心靈的空無失守及現實的拔河與雨打風吹～

一場歡愉～

可以短暫忘卻生命的迷霧及十字路口～

然後呢？

還是需折回路上面對不會停止運轉的種種生命的紅燈路口～

 然後呢？

人聲鼎沸～

可以暫時斷訊生命的傷痛與無奈～

然後呢？

可以走向回家的歸途～

卻害怕回到內心最深處及一個人在諾大的房屋內獨守～

一個愛侶～

可以用盡彼此一生的歲月相伴～

然後呢？

驀然回首～

發現內在爬滿執著的藤蔓交纏著身心所有～

無盡的歲月我們都在尋找～
只是從來不知內心的後山有一深處泉湧～
無盡的歲月我們都在探索～
只是不知自在是物質世界最大的權柄～
可以放棄執著的所有～

 然後呢？

生命內在的湧泉封存已久～

身心靈已然失守～

只要當下快樂變成生命只想當下解脫的藉口～

日復一日淘空內在的地基所有～

生命的視線愈來愈模糊彷若深秋～

心中的藍天早已迷濛～

本來自在的空氣早已迷霧深鎖～

「下一站門票」

八月的陽光張牙舞爪～
窒息的熱流引動熱力噴發～

夏季時小男孩去作了義工～
秀出了他的義工佳績～

夏季太久～
忘了秋風逐漸招手～
暑期太久～
已然忘記暑期的美好只是中途～
生命流轉太久～
已忘卻生命只是中途的旅遊～

然後呢？

航行到下一站～

需要資糧與原由～

若要讓生命更輕盈～

不是為了生命的積欠而奮鬥～

需要生命累積的福慧門票與倉糧～

人生璀璨的風景會讓旅人迷路～

感官也迷戀著世間舞台舞者的舞步～

以為擁有的當下是一切所有～

用盡全力努力追逐～

必然的忘記生命這一站真實的願求～

或原本心靈回家般的自在飛舞～

下一站也許生命將是更輕盈的體受～

或真實自在的無拘無束～

奈何流浪的人兒愛上了人生短暫旅途的燈紅～

無法掙脫生死鎖鏈的纏縛～

然後呢？

兩個月暑期滿滿的功課～

就像人生滿滿的課業～

但我們都選擇了慣性的束縛而非自由～

在束縛裡享受著生死與欲求～

忘記購買通往下一站的門票～

及本來此驛站的來由～

一步步寧再選擇綑綁與監囚～

只因生存的逼迫～

及迷戀一路上花朵的飛舞～

無奈無法在人生驛站積存糧儲～

及生死驛站的照破～

一站站被生老病死的無奈面具看顧～

愈是終老愈是無力與茫然面對生命不知所措～

掉進無法作主的生老病死無底洞～

及每次相見又是磨難及纏縛更深的命運金箍咒～

只因從未在命運的鏡中鏡照破～

更無生命福慧的門票流通～

流浪變成一站站無窮止盡的水流～

從未喘息的湍急讓生命不再從容與作主～

掉進永無止境的生死黑洞～

 然後呢？

通往下一站的自在或遠離生死逼迫的門票需要在生命歲月裡掙求～

生命裡美麗風景賞析及欲求之時自然無暇誠心得求～

於是行囊裡空無流轉生死照破的智慧門票得以受用～

漫長黑洞無所知悉宇宙真相與流轉生死的慟～

如同路邊哭泣的旅人～

空有流浪破舊行囊～

卻在黑洞徒步已漫漫長路並與生死同壽～

蒼天同泣如夜夜大雨～

天地皆慟都無法承受～

「人間？天堂？」

物質生命鍾情流浪人間~

性靈世界卻喜自在遨遊~

我們孜孜不倦於人世間追求幸福～

以為有了幸福將不再受苦～

卻不知幸福及擁有之後是失去的題庫～

失去之後生命是否繼續追求擁有？

還是在悟性裡找尋入口？

找到悟性的入口～

生命像風一樣的自在將不再難求～

而繼續追逐物質及欲望無止境的擁有～

會讓主宰著快樂與憂傷的性靈去向深秋～

物質生命是個沈睡的假有～

靈性的作用與翩翩起舞～

導航著物質生命的質地與迷惑與否～

更牽引著物質生命的際遇將趣向何處～

奈何文明與科技佔據了身心所有～

生命每走進內心深處卻茫然一無所有～

不敢面對沒有耕種的內在原是空蕩與恐怖～

沒有資糧的靈性內在讓人驚慌而失措～

最後再度逃離內在的入口～

繼續飲鴆止渴在外在世界的追逐～

自在如天堂般的內在靈性頓時墜落在深秋～

 然後呢？

身心俱疲已是生命的常態無法回頭～

繼續流浪在世間裡的擁有又失落～

以及對眷屬的執著～

只因為放掉執著彷若一腳採空～

沒有紮實內在性靈的扁舟～

無法船渡茫茫大海上那個墜落靈魂的自我～

原本自性天堂只是神話一說～

原來只是重複的夢中夢～

沒有目標漫無目的的輪轉及漂泊～

再次相遇只能緊緊抓住名利、情愛與及時行樂的義無反顧～

沒有人間～

沒有天堂～

只是重複的執念再次聚合在這蒼穹～

從來不面對內在靈性功課而錯失性靈天堂的那把鎖～

最終無奈、無常總是追著生命的芳踪～

生命的翅膀最終無法自由～

而一再的滑翔到今日再相見的不得不～

酬償變成無止境的旅途～

生命能量繼續的耗弱～

而讓性靈難以再見美麗的日出～

然後呢？

「最真最美的笑靨」

人人都說他鄉十四歲的妳容顏與我相似～

就像一對姊妹～

見過最美的笑顏～

是妳追逐夢想的去年夏天～

妳給了我夏天最美的季節～

重組了我的人生頁面～

我留下了妳的笑顏～

貼在我的心裡面～

雖然笑的有點靦腆～

有多久我們沒看過自己最真實的笑臉～
生命都在包裝著多采多姿及面具的一張臉～
朱顏粉面已不識誰是誰～

 然後呢？

知道小女孩的妳也將有所改變～

成長後也將塵封現在最真與最美的一張臉～

別說妳將會微笑一如過往～

別說妳仍會童貞之心不變～

生命開始張羅與追逐～

世故與包裝是人人都將陷入的改變～

名利教我們封箱最真的笑顏～

金錢要我們擠壓包裝的笑臉～

塵世告知我們作自己最疲累～

網絡世界的暢行～

讓我們貼上最美的圖片～

深怕看到我們 憂傷的臉～

一步步走向忘記自己已是誰～

貼進世態一張張愈來愈不熟悉的臉～

撲倒在地卻是自己最真實的淚眼～

 然後呢？

苦難世間其實包裝著風花雪月的外衣在上演～

生命都是一種酬償的化現～

沒有天使會長駐人間～

只有酬還生命的困頓與相欠～

有笑有淚有苦有甘～

才是生命的嘴臉～

華麗、繽紛、財富與絢麗都是生命貪欲包裝的粉顏～

子夜獨處時～

夜燈相伴著皆是空盪心靈一片～

只能藉著外在面具的臉～

繼續逆流而下並且酬償生命所欠～

現在還能看到妳最美的笑顏～

相信美夢理想必相隨～

欲望世界是鍍金的風華幻變～

充滿著華麗的妝點～

青春會換上披星戴月的改變～

逐漸消逝那最初與最真的美～

記得回首多看看妳那手機相簿裡最童貞最美的笑顏～

擁有著沒有負重的本然最美～

也一定是妳卸下所有包裝與世故～

未來妳將長途跋涉～

藉著旅行～

藉著創作～

藉著獨處～

藉著不斷跌倒～

及在他人的眼裡不再看到自己的靈魂後～

驀然回首～

夜深人靜～

當妳發現一再的失落時～

那個未來妳將積極想找尋的妳這無染無塵之美～

更是每個流浪的靈魂在子夜時分～

摘下面具後一種墜落而傷悲想找尋什麼的一種心願～

「乘坐歲月的手扶梯」

我們總是匆忙～

就像乘坐在城市的手扶梯～

匆匆滑行過～

也匆匆渡過了年少時光～

在真實的世界裡再相遇～

卻看到彼此的髮白與風霜～

如果可以不要相見～

但願在 *fb* 或 *ig* 裡永遠看到你我的笑顏與清涼～

讓我們永遠活在虛擬的曼妙時光～

 然後呢？

人海匆匆上演著生命的負重、負債與庸忙～
也訴說著歲月原來是一本滄桑的詩藏～

當你我呱呱落地時～

想乘著翅膀悠然的在這寰宇裡飛翔～

如同乘著歲月前行的手扶梯～

愈遠離年少黃金時光～

愈到一個手扶梯般的歲月高度時～

回首看看手扶梯下的匆匆人群～

你我都渡過了悠悠歲月的蒼茫～

呱呱落地的那一刻～

上帝不曾告訴我們～

生命是一個寶貴的行囊～

它將讓我們抒寫生命的質地～

拓展靈性的視野～

還有充電身心的能量～

滑行在這歲月手扶梯的人群～

被奴役在生命扶梯的追趕～

忘記站在歲月的高度看看生命的視野～

及手扶梯下人海茫然的黯淡～

人群裡有著啟示與寶藏～

生命總是匆匆趕赴下一站的無常～

扶梯的人海茫茫～

每個生命都乘載著歲月悠悠的負壓能量～

追趕著餵食這負壓生命讓它逐步衰亡～

日日匆忙、放縱與漠然～

卻忘卻停下腳來修補那苦難來源的內在荒野墊堂～

 然後呢？

風吹已不覺沁涼～

人生的每一站都似趕場如機械般木然～

追逐只是為了忘卻日益沉重的身心靈載體能量～

最後消逝在這歲月的蒼茫～

帶走的不是風箏般的輕盈～

而是雜訊及混亂的能量～

在這一世忘記了在這塵世的負荷干擾裡～

可找回那未曾老去人人皆有的本有能量～

而自在飛翔在這宇宙能量的域場～

歡樂卻覆蓋了匆匆歲月裡難閱讀到的珍珠寶藏～

內在荒野僅在深耕後才會找到不老的本我覆藏～

我們卻被匆忙矇矓了視野的清朗～

不識歲月這本詩集並非如此的純然簡單～

它的舖陳是讓我們找到苦的盡頭那篇章～

回首在這寰宇的蒼茫～

枉渡悠悠的時光～

消逝的不只是流星般的縹緲能量～

而是在這恆沙歲月裡～

虛耗來此作客的每一個宇宙可貴能量～

 然後呢？

「擁抱大海」

想去台北看看海～

見到海～

陽光下的人潮～

擁抱著大海～

擁抱著陽光～

見到海天難得一見的笑容～

大海～

是最好的解藥～

因為～

都會是個萬花筒～

寰宇有如虛擬實境～

168

 然後呢？

五光十色是生活的彩帶～

卻會重置我們的能量～

燈紅酒綠是路邊的色塊～

卻會錯置我們身心靈質量～

電子網路是隨手可得的依賴～

卻會撥亂我們內在的鐘擺～

世間是個虛擬實境～

卻會切換禍福無常的千奇百態～

點點滴滴的負能量步步逼近～

有機可乘那人們皆無法獨處的空白～

只為了配合那逐漸接近的生老病死的節拍～

摧殘每個生命無言的青春與光彩～

山的寧靜～

讓雅士親近～

海的涵容～

讓人們臣服～

墜落的心靈～

潛意識都想找尋一種原始的能量～

找尋一種原本失去的寧靜又澄澈之心～

大海有著一種療癒的涵容海派～

裝下了人潮的傾訴與無奈～

 然後呢？

不要傷悲～

不要氣餒～

只有歷經生命重重的山巒～

才會體會大海的無量納涵～

只有品嚐生命的蒼茫～

才知學會與大海獨處寧靜的芬芳～

下一次～

不知何時會再來看海？

不要回首～

不要失望～

人生是本有趣又豐收的課本～

沒有讀盡喜怒哀樂～

不知聖賢哲人的意旨～

沒有看懂人世風霜～

怎能找到原本自性能量的暗藏？

外在有風也有雨～

自性卻常駐內在無波無浪裡～

只有外在的風寒雨露～

浪裡行舟～

才會趨使那疲憊的步伐～

帶著我們去找尋～

那無風又無雨～

如大海般自在的本我自性天堂～

逐漸絕跡在那流轉而反覆生死的天涯～

 然後呢？

「陽光不會永遠燦爛」

沒有下雨的午后～

陽光不會更加燦爛～

沒有蜿蜒的小徑～

不會看到盡頭最美海洋～

聽說陽光在轉角處來過～

我們只想曬曬暖暖太陽～

然後呢？

但陽光不會永遠燦爛～

內在沒有自在的力量～

陽光之後仍是陰雨茫茫～

沒有內求找尋生命的真相～

陽光只是短暫的歡欣一場～

沒有智慧劃破無明～

生命經常只見到短暫的陽光～

轉眼又牢役在生命無止境執著後的風霜～

寄情於外在的四季變換所帶來春夏的陽光～

專注在庸碌及生命的追趕～

最後仍身心兩盲～

身心靈沒有編織得以自在的搖籃～

沒有儲備生命的智慧儲糧～

沒有常駐定境學會向內在尋探～

陽光不會永遠燦爛～

際遇不會永遠晴朗～

一切都只是四季及境界的無常面具在上演著生命的起落及蒼茫～

我們還以為一切都是自由意志決定的使然～

 然後呢？

雨天或生命的低處會浮現內在的沉重～

陽光或命運的高點會短暫覆藏生命原有的內在幽谷陰暗～

但及時面對陰雨及生命低點的蒼茫～

讓低窪的山谷化作美麗的湖泊～

讓被外在世界奴役的貪著～

化為收斂沉定的內在磁場～

相應未來即將來到的美景陽光～

襯托生命的七彩斑斕時光～

才是生命最美的演展～

不要錯過雨天時內在的訊息磁場～

不要忽略原本生命幽谷帶來的負能量～

面對這些陽光及幸福斷訊的內在黑潭～

才能清場生命負能量的訊息及陰霾氣場～

更熟悉今生課業的其中一章～

才能緩緩與內在共處～

清除雜質與虛華質量～

帶著生命真正走進陽光～

轉角路口陽光如此絢爛～

只是嘴角的微笑只是依附在暫時的陽光～

內在沒有裝滿生命覺明的食糧～

放晴之後的細雨紛落～

生命又回到這一生懸而未決的內在蒼茫～

 然後呢？

轉角陽光不會永遠燦爛～

只有內在找到繫縛已久的懸念～

找到深處的幽谷～

找到今生的課堂～

否則生命的陽光不會永遠燦爛～

內在幽谷的懸念永遠帶著我們的包袱與執求～

繼續浪跡這悠悠寰宇能量域場～

繼續被生命不完與生死無常作弄與縛纏～

「保持距離」

在話別的餐桌上～

享受著美食～

來渡假的女孩將要告別～

當妳未來開始漫步在世間旋轉的斑斕彩帶～

不要忘記享受當下的美景～

攜帶妳最愛的單眼～

投入世間炫麗的光影補捉～

記錄妳的悲喜日記～

精采妳的世間旅行～

然後呢？

清秀的妳終將年華逝去～

但過程定會美好～

乘著理想的翅膀～

莫要任性飛翔～

勇往直前有時前方即是十字路口～

多情多欲有時前方即是交叉路口～

看似美麗彩虹的後山有時是崎嶇路口～

搭乘欲望的高速鐵路之後～

也許就是急速墜落的谷口～

因為這些都是命運假裝微笑的臉孔～

更是上帝要妳找到回家的路之前戲中戲的渡船口～

賢哲不曾說過祂來過？

因為人生太苦～

我們只能用歡愉覆蓋著賢聖語錄～

用日新月異的科技來遮障前人所言那所謂「回家的路」～

 然後呢？

雖然～

世間有多重的十字路口～

欲望之後是無盡的虛無～

璀璨煙火之後是無垠的夜孤～

不要悲觀～

不要徬徨～

用警覺之心～

距離之美～

享受人生～

也要體驗永恆與無常～

人生列車～

別忘了作好生命功課～

才能預訂找到真心回途歸程的期票～

更別忘了～

與世間種種殊異的欲望、財富、名利保持間距～

因為～

那都是就要墜落前的一道道彩虹～

然後呢？

「二毛回家了」

暑假結束了～

妳回到了妳那遙遠的故鄉～

流連著妳那愛往外望的窗邊～

以及窗邊妳最愛的玩偶～

滿屋子盡是暖暖陽光所帶來的金黃～

未曾感到人去樓空～

也不曾感到與妳告別～

也下載了妳傳給我的二毛貼圖～

腦海盡是二毛的逗趣與畫面～

歲月把妳捎來又捎走～

短暫碰撞在這美麗的屋簷～

 然後呢？

原來時光是天地的密碼～

重疊著命運的交會～

但我們總是被命運所欺騙～

讀不懂歲月一篇篇要訴說的詩篇～

天地是軸線～

古今是背景～

時光是密碼～

讓生命進入了歲月的鋪陳～

開始有了質變的能量轉變～

暑期這篇說的是妳的創作學習～

明年此時又將訴說妳將要與妳的家鄉告別～

窗邊的玩偶還慵懶的賴在窗邊～

歲月挪移後～

長大的妳～

將不再與它相擁而眠～

然後呢？

歲月的鋪陳是如此多變～

我們卻在歲月幻化裡失去笑顏～

對這天地的安排不解～

對這歲月裡夾雜的命運鎖鍊一遍讀了一遍～

卻仍是滄海一粟不識天地的容顏～

歲月只是宇宙中的巧變～

讓生命多變而後改變～

想起妳才稚嫩的容顏～

將要開始什麼樣的人生起點？

走到下一頁歲月又是如何的頁面？

歲月神秘的利劍～

穿透生起又滅失的世事多變～

一再的教誨大地的生命如何蛻變～

時間只是密碼相連～

讓生命不斷轉換能量而改變～

歲月的舞台沒有人可避免～

永遠上演著起起落落～

跌跌撞撞的局面～

只因為我們看不懂歲月的提煉～

生生世世選擇在此粹鍊～

直到能量一直在改變～

才驚覺原本我們的選擇不是最美～

所以輪迴一回又一回～

時光只是天地的密碼鎖鏈～

我們選擇在此相遇一回又一回～

直到再見仍是過去的執念～

就像妳帶著最愛的玩偶一起相擁又相眠～

然後呢？

所以相見別離變得太疲憊～

生生世世都在命運與時光隧道裡重疊～

最後看盡那生死病苦才是人生的容顏～

也厭倦了一再的生死離別～

逐漸看懂了歲月的粉骨花顏～

回首凝眸時～

才看見自己掉進選擇這種生死流浪的追悔～

逆水而上找尋著生命是否還有著那如金剛般不再壞滅的最初與最美～

永遠不會忘記去年的夏天～

喜愛二毛貼圖的妳有著世上最美的笑顏～

讓我偷偷藏在時光隧道的黃金相簿裡面～

「回到原點」

文明讓你我匆匆錯過~

錯過花海也錯過路邊石階停駐~

怡然自得需要一個美麗的午后~

需要一種無求之後~

需要一個風起雲湧的蒼桑後~

讓心回到原點~

一個沒有雜訊的起點~

妄念停止紛飛~

雜質足以沉澱~

而在無所求的那最初起點~

有著身心靈最初的能量聚集點~

然後呢？

手把圓規輕輕劃過～

有個中心點承受～

守在最初的中心點～

就像生命能自由意志向外揮灑畫總總美麗的圓～

凝神閉目、怡然自守、盪滌妄念～

必然讓我們～

屏息賞析一草一木～

輕攬微風～

當下駐足～

看到外在的虛無～

當生命再前行與出發～

才有最初原點聚合的能量攜帶與啟動～

那最原始的原點～

彷若回到生命本然自心～

看到無不處處風景的憾動～

心的渴求、妄念、執著與雜訊～

沒有經常被淨除而回到最初般的原點～

卻是未來負能量聚合後讓身心沉重的引燃點～

 然後呢？

美麗又多變的外在浮華～

斷訊了我們的最初～

截斷了我們的原點～

擾亂了身心靈回到最初的路徑～

卻增長了我們有所求的痛苦翅膀～

「下雨過後」

下雨過後～

會撐一把傘等你～

雲霧散去～

會在迷霧的出口等你～

如醉初醒～

暖暖茶水已讓酣夢澆熄～

 然後呢？

你不曾孤單～

宇宙中並非一個人獨行～

不要對生命無奈莫名～

不要對人生追悔啜泣～

每個春夏秋冬都有故事啟發靈性覺明～

每場經歷的聖宴都在喚醒未出生前本來面目的覺醒～

陰雨的暗澹才能享受仰望天空～

浸淫雨水迴照內心的無明～

冬風的沁寒才能品嚐風寒露雨～

穿透一無所有的迴身找到自己～

海沙裡的金黃是無盡歲月的粹練與透藏～

夜空的星斗是黑暗中銀河億年變化的剎那晶瑩～

每一個內心的哭聲～

都是宇宙能量的風吹草動與一犛一息～

每一個對生命的困惑～

都是想與內在連結找尋那無欲無苦的本我淨地～

不要哭泣～

不要傷心～

世界關上大門向瘟疫說不而絕情～

卻開啟了返照內心是否是空無一物的荒地～

然後呢？

2020 年前生命曾經在哪裡著墨及執著深情～

2020 後荒蕪的內在能量會是宇宙萬能揀擇與粹取的境地～

下雨過後～

會撐一把傘等你～

久醉初醒～

會砌一杯溫茶暖心～

雲霧散去～

願背負這執著的行囊在迷霧路口～

生命都獨自的找到了自己～

生命若已然尋覓到呱呱落地的真理～

之後的每個生命經歷與樂章才是真正享受花開花謝的歡樂交響曲～

國家圖書館出版品預行編目 (CIP) 資料

> 然後呢 ?/Joyce 作 . -- 初版 . -- 臺北市
> : 磐怡文化事業股份有限公司，
> 2021.03
>   面；　公分
>   ISBN 978-986-06083-0-4（平裝）
>
>   863.51　　110000407

然 後 呢 ？

作　　者	Joyce
封面設計	林秋燕
內頁設計	林秋燕
校　　對	Joyce ／曾雅雯
攝　　影	Joyce
總 編 輯	Joyce
專　　案	白象文化事業有限公司
印　　刷	七宏印刷有限公司
電　　話	02-2559-2780
地　　址	台北市大同區南京西路 167 巷 8 號
出 版 者	磐怡文化事業股份有限公司
E - M a i l	PanyiCul@gmail.com
法律顧問	永然聯合法律事務所
	李永然　律師
出版日期	初版 一刷 2021 年 3 月
定　　價	495 元

ISBN　978-986-06083-0-4（平裝）

代理經銷	白象文化事業有限公司
地　　址	401 台中市東區和平街 228 巷 44 號
電　　話	04-2220-8589
傳　　真	04-2220-8505